Victor Elbel, Louis Spach

Der Munsterbau: Oratorio en quatre Parties

Antigonos

Victor Elbel, Louis Spach

Der Munsterbau: Oratorio en quatre Parties

Unveränderter Nachdruck der Originalausgabe von 1865.

1. Auflage 2024 | ISBN: 978-3-38614-446-9

Antigonos Verlag ist ein Imprint der Outlook Verlagsgesellschaft mbH.

Verlag: Outlook Verlag GmbH, Zeilweg 44, 60439 Frankfurt, Deutschland, info@outlook-verlag.de
Vertretungsberechtigt: E. Roepke, Zeilweg 44, 60439 Frankfurt, Deutschland
Druck: Libri Plureos GmbH, Friedensallee 273, 22763 Hamburg, Deutschland

DER

MUNSTERBAU

ORATORIO

EN QUATRE PARTIES.

Poëme de M. Louis SPACH; musique de M. Victor ELBEL.

STRASBOURG

IMPRIMERIE CHRISTOPHE, GRAND'RUE, 136.

1865.

DER MUNSTERBAU VON STRASSBURG.

PERSONNAGES.

La femme d'Erwin	Mlles	SCHWÆDERLÉ.
Sabine, fille d'Erwin		WEBER.
Johann, fils d'Erwin		KOBELT.
Une jeune fille		BÜRCKEL.
Erwin de Steinbach, architecte .	MM.	SCHÜTZENBERGER.
L'évêque Conrád de Lichtenberg		KLEIN.
L'évêque Werinhar		PORST.
Le légat du pape		FISCHBACHER.
Un ouvrier		LEROUX.
L'empereur Rodolphe de Habs-bourg		PUYVARGE.
Un prêtre		HUMMEL.

VORLÆUFIGE BEMERKUNGEN

über

DEN MUNSTERBAU VON STRASSBURG.

Einige geschichtliche Notizen über die verschiedenen Epochen des Strassburger Münsterbau's und über die Theilnehmer an dem herrlichen Werke mœgen vielleicht zum schnelleren Verstændniss nachfolgender «Lyrischer Szenen» nicht überflüssig scheinen. Wir übergehen füglich die Anfænge der Kirche; was davon in die Zeiten der Meerwinger und der Karolinger hinaufreicht, bleibt in ein mystisches Dunkel gehüllt. Es werden zwar Klovis, Dagobert, Pippin und Karl der Grosse als Gründer und erste Restauratoren unsers Münsters angegeben; aber diese Andeutungen über die frühesten Münsterbauten sind durchaus ungenau und unbestimmt.

Es genüge uns zu wissen, dass im Jahr 1007, unter dem Kaiser Heinrich dem Zweiten oder dem Heiligen und unter dem Bischoff Werinhar (Werner) eine Feuersbrunst beinahe das ganze Münster zerstœrte. Die Krypte, das heisst die Gruftkirche, überstand allein den fürchterlichen Unfall; sie trægt in ihrem Baustyl die unverkennbaren Spuren des karolingischen Zeitalters.

Im Jahr 1015 begann der aus dem Hause Habsburg entsprossene Bischoff Werinhar, der Freund Kaiser Heinrich's des Zweiten, den neuen Münsterbau. Bis in's Jahr 1028 überwachte er das Werk; dann reiste er, unfreiwillig, nach Konstantinopel, wo er eines noch in's Dunkel gehüllten Todes verblich. Es hatte ihn Kaiser Konrad der Zweite, bei dem er in Ungnade gefallen, dorthin, als Gesandten, in die Verbannung geschickt.

Bischoff Werinhar's Münsterbau ruht auf Pfæhlen von Erlenholz; in einer Tiefe von mehr als dreissig Fuss (10 Meter) wurden solche in den Boden eingerammelt, und die Zwischenræume mit einem Bindemittel gefüllt, das aus Kalk, Ziegelstücken und zerstossenen Kohlen, mit Letten, besteht. In einem Zeitraume von dreissig Jahren wurde dieses Gebæude in byzantinischem Style aufgeführt (1).

Die Einbildungskraft des Volkes vermæhlte bald die Dichtung mit der Wahrheit. — Sie verwandelte in einen Sæulenwald die Fundamente auf welchen die Kirche ruht, dachte nicht weiter an das Bindemittel zwischen den Erlenpfæhlen, und da man, bei sieben und zwanzig Fuss Tiefe in der That auf Wasser stœsst, verlegte sie einen unterirdischen See oder Weyher zwischen die Sæulen. Ein mit Kupfer ausgelegter Nachen trægt in diese finstere Wasserræume, wenn irgend ein Wagehals sich dem Fahrzeuge anvertrauen will.

Der Verfasser der «Lyrischen Szenen» glaubte sich berechtigt auf diese Volksüberlieferungen anspielen zu dürfen; das Reich des Wunderbaren œffnet sich dem Dichter einer Oper oder eines Oratorios zu beliebigem Eintritt. — Wenn Bischoff Konrad von Lichtenberg sich zur Gruftkirche hinabneigt, vernimmt er, mit vollem Rechte, das widerliche Zischen der Schlangen und das Heulen der Hœllengeister. Auch kehrt der Schatten des Bischoffs Werinhar, aus einer der Inseln im Marmorameer, wo sein irdischer Leib bestattet liegt, mit vollem Fuge in seine Heimath, in sein Münster zurück.

Schnell aufeinanderfolgende Feuersbrünste zerstœrten in den Jahren 1130, 1140, 1150 und 1170 Bischof Werinhars Werk. Die im dreizehnten Jahrhundert erbaute gothische Kirche hat von dem frühern romanischen oder neugriechischen Gebæude nur den Chor und einen Theil der Kreuzarme beibehalten.

(1) Strobel, I, p. 252.

Wæhrend der zweiten Hælfte des 13ten Jahrhunderts, mit dem Beginn des Jahres 1276, erhob sich unter Bischof Konrad von Lichtenberg die herrliche westliche Façade mit ihrem dreifachen Portale und der unvergleichlichen Rose.

Schon im Laufe des Jahres 1273 oder 1274 trat vor den Bischof Konrad von Lichtenberg ein genievoller Werkmeister, der sich mit dem kühnen Plane zur Vollendung der Kirche Werinhars herumtrug.

Das war Meister Erwin von Steinbach. Schon hatte er als Architekt seine Proben abgelegt; das Münster von Freiburg im Breisgau verdankte ihm das Dasein. Als Erwin vor den Augen des Bischofs von Strassburg die Baurisse des dreifachen Portals, der riesigen Façade und der zwei Titanenthürme (1) ausbreitete, konnte ihm Konrad von Lichtenberg mit voller Zuversicht die Ausführung des Wunderwerkes anvertrauen.

Im Jahre 1275 erliess der Kirchenfürst ein Rundschreiben, das schnell von Hand zu Hand ging, in Stædten, Flecken, Dœrfern, Schlœssern, Abteien, an beiden Ufern des Rheinstroms, længs dem Fusse der Vogesen und des Schwarzwaldes. Bald nach diesem dringenden, væterlichen Aufruf strœmten die Geldbeitræge herzu; Frohndienste wurden willig geleistet. — Im Februar 1276 hatte Erwin den ersten Grundstein gelegt; wæhrend vierzig Jahren stund er dem Werke vor; aber sieben Menschenalter vergingen, mehr als anderthalb Jahrhunderte, ehe der letzte Stein auf die Münsterspitze, in das höhere Luftgebiet, an die Grenzen des «Himmelszeltes» gesetzt wurde.

Erwin von Steinbach war der Schützling seines Bischofs; Konrad von Lichtenberg war ein Freund und Schützling Kaiser Rudolphs von Habsburg. Es bestand zwischen dem Priester und dem Weltfürsten ganz dasselbe Verhæltniss, wie zweihundert siebzig Jahre früher zwischen Werinhar und Heinrich dem Heiligen.

Erwins Sohn, der Werkmeister Johann, ist der Erbauer der

---

(1) Ursprünglich sollten zwei Thürme auf der Façade ruhen; diese wære aber in solchem Falle um ein Stockwerk niedriger geblieben.

niedlichen Kirche von Haslach. Erwins Tochter, Sabine, schmückte mit einigen ausdrucksvollen Bildsæulen die mittægliche Aussenseite des Münsterkreuzes. — Der Verfasser nachfolgenden Libretto's legt der Tochter und dem Sohne Erwins einige Strophen in den Mund; er war dabei im historischen Rechte. Der unbekannten Gattin Erwins schiebt derselbe Verfasser eine gegen den Werkmeister gerichtete Oppositionsrolle zu; nicht unwahrscheinlich hatte sich in der Wirklichkeit das gegenseitige Verhæltniss der Eheleute so gestaltet.

Ludwig Spach.

DER MUNSTERBAU.

ORATORIUM.

I. THEIL.

CHOR DER GESELLEN.

O Meister schaff uns Arbeit her,
Des Lebens Sorge drückt uns schwer;
   Wir rasten,
   Wir fasten;
Zu jedem Werk sind wir bereit,
Ob's donnert, hagelt oder schneit.

EIN GESELL.

Wir meisseln den Stein, wie dir's gefællt,

ALLE.

In den Lüften frey, wie der Vœgel Chor,
Hoch unter dem blauen Himmelszelt;
Wir streben, wir schweben, wir klimmen empor.

SABINA.

Der Meister sinnet! o stœret ihn nicht;
   Stille! stille!
Ihr wisst es nicht, mit wem er spricht;
   Stille, stille!
Der Vater sieht und hœrt uns nicht.

CHOR DER GESELLEN.

Der Meister sinnt ! o stœrt ihn nicht !

EIN JUNGES MÆDCHEN.

Sabina, komm ! es lacht der May ;
Die Lerche schmettert in Lüften frey ;
Die Nachtigall flœtet im nahen Hain,
Und Leben und Freude zieht überall ein.
Sabina ! komm zu den Wiesen hin ;
Sie duften und blühen im Lenze ;
Wir winden die Blumen in Krænze
Für den Altar der Himmelskœnigin.

CHOR DER GESELLEN.

Wir meisseln den Stein, wie dir's gefællt,
In den Lüften frey, wie der Vœgel Chor,
Hoch unter dem blauen Himmelszelt ;
Wir streben, wir schweben, wir klimmen empor.

CHOR DER JUNGFRAUEN.

Sabina, komm ! es lacht der May ;
Die Lerche schmettert in Lüften frey.
Die Nachtigall flœtet im nahen Hain,
Und Leben und Freude zieht überall ein.
Sabina ! komm zu den Wiesen hin ;
Sie duften und blühen im Lenze ;
Wir winden die Blumen in Krænze
Für den Altar der Himmelskœnigin.

SABINA.

Ich lass euch ziehn mit nassem Blick,
Bey dem Vater bleib' ich hier zurück.
Doch bringt ihr mir des Lenzes Blume,
Ich lege sie im nahen Heiligthume
Auf den Altar der Himmelskœnigin
Zu Marjas Füssen dankbar hin.

ERWIN.

Versunken lag mein Sinn im düstern;
Um mich und in mir war es Nacht.
Dann hœrt ich Engelsstimmen flüstern,
Aus langem Traum bin ich erwacht.
O ! soll das grosse Werk gedeihen,
Das mir vor Geistes Augen schwebt,
Muss *der* mir Kraft und Stoff verleihen,
Dess Geist hoch über Wolken webt.

CHOR DER GESELLEN.

Zu jedem Werk sind wir bereit,
Ob's regnet, hagelt oder schneit.
    Wir rasten,
    Wir fasten,
Zu jedem Werk sind wir bereit.

DIE GATTIN ERWINS.

Lasst ihn ! Er strebet nur nach Ehr',
Und denket nicht an Weib und Kind,
Allein so bleibt die Truhe leer,
Und wir, wir füttern uns mit Wind.
Wir nagen stets am Hungertuch ;
Auf unserm Hause liegt ein Fluch.

SABINA.

O Mutter schilt den Vater nicht !

CHOR DER GESELLEN.

O Frau ! schilt deinen Gatten nicht

DIE GATTIN ERWINS.

Ich soll nicht schelten, nicht verzweifeln,
Da mir der Gram im Herzen nagt ;
    Es geh' die Kunst
    Zu allen Teufeln !
    Mit eurer Gunst
    Sei es gesagt !

Die Kunst ist mager wie der Tod;
Vor allem schaff' der Meister Brod.

SABINA.

Frevle nicht, Mutter! der wird uns retten,
Der væterlich über uns alle wacht;
Er wird auf warmen Flaum dich betten,
Auch in der kæltesten Winternacht.

CHOR DER GESELLEN.

Frevle nicht, Meisterin, der wird dich retten
Der væterlich über uns alle wacht;
Er wird auf warmen Flaum dich betten,
Auch in der kæltesten Winternacht.

DIE GATTIN.

Was sollen mir die goldnen Træume!
Was spricht er mir vom Tempelbau?
Er schaffe wohnlich heitre Ræume
Für seine obdachlose Frau.
Das hat er eidlich mir versprochen
Am heiligen Altar, in diese Hand;
Allein den Schwur hat er gebrochen
Und læsst mich an des Elends Rand!

CHOR DER GESELLEN.

Frevle nicht, Meisterin! der wird dich retten
Der væterlich über uns allen wacht;
Er wird auf warmen Flaum dich betten,
Auch in der kæltesten Winternacht.

DIE GATTIN ERWINS.

Was spricht er mir von Tempelbau,
Mir seiner schwergeprüften Frau!

CHOR DER GESELLEN.

Wehe! Wehe! Sie ist besessen!
Sie stemmt sich gegen den Tempelbau!
Weh' über dich, du bist besessen.

Wehe! Wehe!
Zum Himmel flehe,
Dass er dich reinige,
Dass er nicht peinige!
Alle, wir darben;
Sieh' hier die Narben,
Die wir im Dienste des
Meissels erwarben.

II. THEIL.

CHOR DER JUNGFRAUEN UND GESELLEN.

Es blinkt der Rhein so silberhelle,
Und auf des Ufers grüner Schwelle,
Lacht überall der Blumenflor.
Hier ist der Schmuck zum hohen Chor,
Hier ist der Schmuck der heiligen Kapelle.

ERWIN.

Es sey vollbracht zu ihrem Ruhme
Das Werk das mir vor Augen schwebt,
Und wie des Frühlings Flor und Blume,
Sich aus geweihtem Boden hebt.
(Er tritt vor den Bischof Konrad von Lichtenberg).
Herr Bischof! gebt mir euren Segen;
Und leiht mir eure kræft'ge Hand.
Wohlthætig wie der Maienregen
Bewegt ihr, wenn ihr wollt, das Land!
Auf euren Ruf wird alles hœren,
Der Mann, der Greis, das Weib, das Kind;
Von unsichtbaren Geisterchœren
So sæuselts dann im Frühlingswind.

Ein Wort aus deinem hohen Munde,
Und Ritter, Priester, Mœnch und Hirt
Sie strœmen her, in frohem Bunde,
Von nah und fern, aus weiter Runde . . .
Der Wagen drœhnt, die Geissel schwirrt . . .
Der Ackersmann gibt Brod und Früchte,
Der Bürger leert den Beutel aus,
Ein jeder bringt den Stein zum Gotteshaus,
Und ruhig harrt er so der himmlischen Gerichte.

CHOR DER PRIESTER.

Von deinen Lippen, Bischoff, nur ein Wort,
Und alle Lænder ziehst du mit dir fort.

KONRAD VON LICHTENBERG.

Erwin!
Ich bin
Des starken Gottes schwacher Diener nur.
Der Glaube, weiss ich wohl, bewegt die Berge,
Zu Riesen wandelt er die Zwerge,
Und gibt der Taube stolzen Adlersflug.
Zum Kampf im offnen Feld fühl ich mir Kraft genug;
Und gilts auf Landesfeinde loszuschlagen,
Der Lichtenberger wird sein Leben wagen!
Doch meinem Worte traust du vieles zu;
Zu viel!
Erschœpft ist unser Land, es brauchet Ruh.

CHOR DER PRIESTER.

(Ihn unterbrechend.)

Erschœpft ist unser Land, es brauchet Ruh . . .

KONRAD.

Der Bau, den Bischof Werinhar begonnen,
Er schleppt sich hin schon mehr als zweimal hundert
Sonnen.
Es zündete der Blitz in seinen Sæulenhallen;
Ich sah die Riesen morsch wie schwanke Bæume fallen!

CHOR DER PRIESTER.

Es zündete der Blitz in seinen Sæulenhallen;
Wir sah'n die Riesen morsch wie schwanke Bæume fallen!

KONRAD.

Und du! du zeichnest mir in deinem Plan
    Titanenhaften Bau!
Mit seinen Thürmen reicht er keck in's Himmelsblau!
Durch deine Riesenfenster bricht der Sturm sich Bahn,
 Entblættert dir die üppge Zauberrose,
Die sich auf deiner Pforte frevelnd wiegt;
Und jeder Regenguss aus dunkelm Wolkenschosse,
 Er nagt, er trennt, er siegt
Im Wirrsal deiner Baldachine!

CHOR DER PRIESTER.

Erwin! du zeichnest uns in deinem Plan
    Titanenhaften Bau!
Mit seinen Thürmen dringt er keck in's Himmelsblau,
Und durch die Fenster bricht der Sturm sich Bahn,
Und tobt im Wirrsal deiner Baldachine!

ERWIN.

Herr! nicht diese Richtermiene!
Gnade, Bischof! Priester, Gnade!
Nicht des Himmels Zürnen lade,
Priester, auf dein schwaches Haupt!
O Maria! steig herunter!
Hilf Maria! Nur ein Wunder,
Bis der starre Bischof glaubt.

CHOR DER JUNGFRAUEN UND GESELLEN.

O Maria, steige herunter!
Nur ein einziges, einziges Wunder
Bis der strenge Bischof glaubt.
    Ave Maria

Gratia plena
Dominus tecum,
Benedicta
Tu in mulieribus
Et benedictus
Fructus ventris tui
Jesus.

———

III. THEIL.

KONRAD VON LICHTENBERG.

(Im hohen Chor.)

Soll ich dem Wort des kecken Meisters trauen?
Ich neige mich vor Ihr, vor unserer Lieben Frauen!
(Er kniet am Hochaltar nieder).
Ein Zeichen gieb!
Ist dir genehm
Das dreifach herrlige Portal
Mit seiner Heiligenschaar,
Der ganze Himmelssaal
Heruntersteigend in die Welt von Lehm,
Und Staub, und Stein und Asche? ...
Ein Zeichen gieb, o Herrin, mir;
Auf meinen Knie'n, im Staub, lieg ich vor dir;
Wenn ich nach einem Wink aus andern Welten hasche,
Schilt meinen schwachen Glauben nicht.
Die unbarmherz'ge Welt,
Sie hælt
Ein streng Gericht,
Wenn beim Gelæchter der Hœlle
Der Riesenbau zusammenbricht.

CHOR DER PRIESTER.

Maria! geh' nicht ins Gericht;
Schilt seinen schwachen Glauben nicht.
Die Welt ist streng und herbe,
Wenn, wie ein morscher Scherbe,
Der Riesenbau zerbricht.

(Der Bischof geht die Treppe hinunter und neigt sein Ohr zum Eingang der Krypte).

Wie sie zischen die Schlangen,
Im finstern Gewœlbe!
Sie herrschen frech im Walde der Sæulen,
Der stæmmig den Boden des Domes trægt.
Im Wasser, das schwarz an die Sæulen schlægt,
Vernehm' ich ein unterirdisches Heulen.

CHOR DER HŒLLENGEISTER.

Wir schütteln,
Wir rütteln,
Wir nagen am Bau!
Und hebt er sich hœher,
In Lüften empor,
Wir rütteln, wir schütteln,
Wir brechen die Pforten,
Die hohen Gewœlbe,
Die Rose, die Thürme,
Wir stürzen den Chor!

KONRAD.

Maria! gieb, o gieb ein Zeichen;
Die Hœllengeister zu verscheuchen,
Genügt von dir ein einzig Wort.
O sende, sende einen Boten,
Und wær' es aus dem Reich der Todten!
Die Hœllengeister jage fort.

CHOR DER PRIESTER.

O! sende, sende einen Boten,
Und wær es aus dem Reich der Todten,
Die Hœllengeister jage fort!

CHOR DER HŒLLENGEISTER.

Hœrt ihr das Winseln
Von Einfaltspinseln
Am Hochaltar?
Lasst euch nicht scheuchen;
Mœgen sie keuchen!
Nimmer wird weichen,
Nimmer, fürwahr,
Unsere Schaar.

CHOR DER PRIESTER.

Maria, sende einen Boten,
Und wær es aus dem Reich der Todten,
Die Hœllengeister jage fort!

DER GEIST WERINHARS.

(Schwebt hinter dem Hochaltar hervor).

Sey mir willkommen, hoher Chor!
Ich grüsse dich!
Du meines Geistes, meiner Hænde Werk!
Es heimelt mich in deinen Mauern an,
Mir wird als wær' ich gestern erst geschieden;
Denn auch im Schattenlande lebt
Erinnerung an unsern Heimathsboden.

Und dich den Kirchenfürsten,
Der hier zerknirscht im Staube liegt,
Auch dich begrüss' ich, Bischof Konrad
Von Lichtenberg!

Ich schwebe her aus fernem Lande,
Vom kaiserlichen Pracht-Byzanz;

Dort liegt mein Grab am Meerestrande,
Versteckt im wald'gen Inselkranz [1].
Mich tœdtete der gift'ge Kummer,
Dass ich mein Werk hier nicht vollbracht;
Nun treibt es mich aus langem Schlummer,
Und aus der finstern Grabesnacht.

Ich schwebe her auf Geisterflügeln
Zu dir dem geistverwandten Sohn;
Nicht længer sollst du ængstlich klügeln;
Dein wartet unnennbarer Lohn.
Den Münsterbau, den ich begonnen,
Und in der Erde Grund gefeit,
Du fœrderst ihn zum Licht der Sonnen,
Dich führt er zur Unsterblichkeit.

Zu zweien:

WERINHAR und KONRAD.

WERINHAR.

Den Münsterbau, den ich begonnen,
Und in der Erde Grund gefeit,
Du fœrderst ihn zum Licht der Sonnen,
Dich führt er zur Unsterblichkeit.

KONRAD.

Den Münsterbau, den er begonnen,
Und in der Erde Grund gefeit,
Ich führ' ihn auf zum Licht der Sonnen,
Mir gibt er die Unsterblichkeit.

WERINHAR.

Du rufe nun den kühnen Meister.
Er dringt mit dir in's Reich der sel'gen Geister,

[1]. Die Prinzeninseln.

Sein Name lebt in fernster Zeit;
Auch ihm, nach schwer erkæmpftem Lohne,
Wird einst die grüne Lorbeerkrone,
Das Sinnbild der Unsterblichkeit.

Zu dreien :

ERWIN, WERINHAR, KONRAD.

Auch ihm (auch mir) nach schwer erkæmpftem Lohne,
Wird einst die grüne Lorbeerkrone,
Das Sinnbild der Unsterblichkeit.

CHOR DER GESELLEN UND JUNGFRAUEN.

Erwin! Erwin!
Dein Name dringt in fernste Zeit;
Dir wird zum wohlverdienten Lohne,
Die schwer erkæmpfte Lorbeerkrone,
Das Sinnbild der Unsterblichkeit.
Erwin! Erwin!

SABINA.

Vater! Vater!
Ich schmiege mich an deinen Fuss!
Gieb mir den heil'gen Künstlerkuss!
Mich drængt's, den hehren Bau zu schmücken!
Gestalten regen sich in meinem Haupt;
Sie drængen sich hervor an's Licht...
Der alt' und neue Bund erschliesst mir seine Siegel.
O Vater, lass mir deine Mauernischen
Für Heil'ge, die mein inn'res Auge sieht...
Vater! Vater!
Ich schmiege mich an deinen Fuss.
Gieb mir den heil'gen Künstlerkuss ;
Mich drængt's, den hehren Bau zu schmücken,
Vertrauensvoll an dir hinaufzublicken....
Vater! Vater!

JOHANNES, ERWINS SOHN.

Zwar bin ich nur ein kleiner Knabe,
Zwar bin ich nur ein armes Kind;
Für deine Grœsse, deine Liebe
O Vater, bin ich doch nicht blind.
Zum Preisse Unsrer Lieben Frauen,
Vergœnnst du mir das schœne Loos
An deiner Kirche mitzubauen,
So, Vater, werd ich mit dir gross.

CHOR DER GESELLEN.

Zum Lobe Unserer Lieben Frauen,
Schenk, Meister, uns das schœne Loos,
An deiner Kirche mitzubauen;
Wir alle werden mit dir gross.

CHOR DER JUNGFRAUEN.

Zum Lobe Unserer Lieben Frauen,
Lass, Meister, ihnen doch das Loos,
An deiner Kirche mitzubauen,
Sie alle werden mit dir gross.

ERWIN.

Und nun, Herr Bischof, noch ein Wort.
Soll ich getrost das Werk beginnen,
So sendet einen Brief von hinnen,
Bis zu Sankt Peters Dome fort;
Und drückt der Papst des Beifalls Stempel
Auf eines Breves Pergamen,
So hebt sich ein Marientempel,
Wie noch kein sterblich Aug' ihn je gesehn.

CHOR DER GESELLEN.

Bitte, bitte
Um pæpstlichen Segen!
Wie der befruchtende Frühlingsregen,
Wie der morgendlich blinkende Thau,
Wird er die schlummernden Kræfte bewegen

DER LEGAT.

(Im Namen des Papstes.)

»Es sendet Papst Gregorius der Zehnte
»Dem Bischof von Argentorat den Gruss
»Und Friedenskuss.

>»Lass in deinem Kirchensprengel
»Vierzig Tage Ablass künden;
»Und des Paradieses Engel,
»Werden dir zur Seite stehn.
»Aus den klaren Himmelsauen
»Schwebt Maria selbst herbei,
»Und die gœttlichste der Frauen
»Reinigt euch von Sünden frei.
»Auch die kleinste Opfergabe
»Trægt dort oben reichen Lohn;
»Selbst des Bettlers winzge Gabe
»Ist genehm vor Gottes Thron.

CHOR DER PRIESTER.

Ueberall im Kirchensprengel
Lass den Ablassbrief ergehn,
Und des Paradieses Engel
Werden uns zur Seite stehn.

CHOR DER JUNGFRAUEN.

Ja! des Paradieses Engel
Werden euch zur Seite stehn.

———

IV. THEIL.

DER BISCHOF KONRAD.

Kummerbeladene,
Sündenbefangene,
Eilet herbei!
Bringet uns Steine
Zum herrlichen
    Bau.
Hœrt ihr das Flœten
Unsichtbarer Chœre;
Hœrt ihr die Geigen
Der himmlischen Reigen?
Alles zur Ehre
Der gœttlichen
    Frau.

Septett.

JOHANN, SABINA, CONRAD, ERWIN, WERINHAR, DER LEGAT,
EIN PRIESTER.

Bringet die Steine zum herrlichen Bau,
Alles zu Ehren, der gœttlichen Frau!

CHOR.

Bringet die Steine zum herrlichen Bau,
Alles zu Ehren der gœttlichen Frau!

(Man hœrt eine kriegerische Fanfare.)

BISCHOF KONRAD.

Das ist nicht Flœtenton
Himmlischer Chœre;
Das ist Trompetenstoss
Irdischer Heere!
Mitten drein klirren
Die Schwerter und Speere.

Unter dem Hufschlag der wiehernden Pferde
Drœhnet die tief erschütterte Erde.
Wo find' ich Hülfe? Wo find' ich Rath?
Fürwahr ich trœume nicht,
Wahrlich! der Kaiser naht!...

GESAMMTCHOR.

Wer gibt uns Hülfe, wer gibt uns Rath?
Wahrlich, wir trœumen nicht!
Sehet der Kaiser naht.

KONRAD.

Bist du gekommen,
Kœnig der Rœmerwelt?
Sei mir willkommen,
Herrlicher Held!

GESAMMTCHOR.

Bist du gekommen,
Kœnig der Rœmerwelt?
Sei uns willkommen,
Herrlicher Held!

KAISER RUDOLPH VON HABSBURG.

Herr Konrad, nicht der Kaiser steigt
Von seinem treuen Ross;
Es ist dein alter Kampfgenoss,
Der sich an deinen Busen neigt.
Der Rudolph bringt kein Silber her;
Er ist ein armer Mann;
Ihm sind die Taschen grœulich leer;
Doch thut er was er kann.
Auch er trœgt willig manchen Stein
Zu deinem Werk herbei,
Und trinket den Vogesenwein,
Hier mit Gesellen frank und frei,
Und schenkt dem Meister doppelt ein!
Der Erwin lebe hoch!

CHOR DER GESELLEN.

Ja! schenk dem Meister zwiefach ein,
Der Erwin lebe hoch!
Kredenzt den goldnen Ehrenwein!
Der Kaiser lebe hoch!

KAISER RUDOLPH.

Habt Dank!
Und staunet nicht, dass ich mich hergewendet,
Noch eh' der Bischof hin zu mir gesendet!
Mein Beichtger las mir jüngst in einer Kronika,
Wie Kaiser Heinrich treu zu Bischof Werinhar
In Leid und Freud, mit Rath und That gestanden.
Es war ein felsenfester Liebesbund;
Und als der Bischof in der Erde Grund
Den ersten Stein zum Münsterbau versenkte,
Da stand der heilge Kaiser neben ihm,
Und nahm aus seiner Hand die Mauerkelle.
So tret' ich her an deine Münsterschwelle,
Und thu' mit dir den ersten Hammerschlag,
Und sprech zum Teufel : Knirsch' in deiner Hœlle!
Und flehe zu Gott : Bring unser Werk zu Tag.

CHOR DER PRIESTER.

Zum Teufel sprechen wir :
Knirsch' du in deiner Hœlle?
Wir flehn zu Gott :
Bring unser Werk zu Tag!

DIE GATTIN ERWINS.

Erwin vergieb!
Sei mild und lieb!
Vergieb der Armen,
Die dich verkannt,
Lass dich erbarmen!
Gieb mir die treue,
Die liebe Hand!

ERWIN.

Gesegnet sei
Die Lieb und Treu !
Hast du geschmæhlet?
Ich weiss es kaum !
Hab' ich gefehlet?
In meine Arme !
Es ist kein Traum !

ERWIN, SEINE GATTIN, SABINA, DER SOHN ERWINS.

Gesegnet sei
Die Lieb und Treu ,
Die uns vereinet !
Gesegnet wer
Mit uns geweinet !
Ihr Lieben , Guten ,
Kommt alle her !

CHOR DER GESELLEN.

Wir rasten nicht mehr,
Wir fasten nicht mehr ;
Wir meisseln den Stein ,
Wie dir's gefællt ;
Wir fœrdern den Bau
In's Himmelszelt.

ERWIN UND CHOR.

Nun leget alle Hænde dran ,
Ein jeder sei ein ganzer Mann !
Es gebe jeder was er kann ,
Der Stirne Schweiss
Des Herzens Blut
Und wer es nicht will, und wer es nicht thut,
Der fliehe hinab zum Hœllengeschmeiss !

Chor der Priester und der Jungfrauen.

Maria! stütze du den Bau,
Sei huldreich, gœttlich milde Frau!
Wir knien vor dir im Staube hin,
Vor dir der Himmelskœnigin,
    Maria! Maria!

CHOR DER GESELLEN. — TUTTI.

Der Geist Werinhar's.

Euer Flehen ist erhœret;
Herrlich durch das Wolkengrau,
Hoch hinauf in's Himmelsblau
Wird der hehre Münsterbau
    Sich erheben;
    Alle schwœret
Eurem Bischof, eurem Meister,
Von dem Zweifel nie bethœret,
Beizustehen bis an's Ende;
Alle hebet eure Hænde,
Hebt sie feierlich empor!

Erwins Gattin, Johann, Sabina, ein junges Mædchen, Erwin, der Legat, ein Gesell, der Geist Werinhar's, Rudolph, Konrad.

Unser Flehen ist erhœret;
Alle schwœret,
Alle hebet eure Hænde,
Treu zu bleiben bis an's Ende;
Ja wir schwœren,
Ja wir heben unsre Hænde
Zu dem Eidschwur hoch empor!

CHOR. — TUTTI.

Nun leget alle Hænde dran,
Ein jeder sei ein ganzer Mann!
Es gebe jeder was er kann,

Der Stirne Schweiss,
Des Herzens Blut!
Und wer es nicht will, und wer es nicht thut,
Der fliehe hinab zum Hœllengeschmeiss!

CHORAL.

Maria! schütze du den Bau,
Sei huldreich, gœttlich milde Frau!
Wir knie'n vor dir
Im Staube hin,
Vor dir, o Himmelskœnigin,
Maria! Maria!

NOTICE SOMMAIRE

SUR

LA CONSTRUCTION DE LA CATHÉDRALE DE STRASBOURG.

Il ne sera point inutile, pour l'intelligence des scènes lyriques intitulées : «*la Construction de la Cathédrale de Strasbourg*», d'insérer ici quelques notes destinées à rappeler les époques successives que présente l'architecture de ce merveilleux édifice, et les personnages principaux qui ont pris une part active à l'œuvre.

Nous n'avons point à nous occuper de l'église primitive de Strasbourg, c'est-à-dire de celle qui appartient aux siècles Mérovingiens et Carlovingiens ; les noms de Clovis, Dagobert, Pépin et Charlemagne figurent dans la série des monarques auxquels la tradition attribue la fondation ou le renouvellement partiel de l'édifice ; mais rien n'est plus problématique, plus incertain que ces données premières. Il nous suffira de constater qu'en 1007, sous l'empereur Henri II le saint, l'évêque Werinhar ou Werner étant évêque de Strasbourg, l'église cathédrale fut détruite à peu près complétement par un incendie. La crypte ou église souterraine seule subsistait après ce désastre ; elle porte le caractère de l'architecture du neuvième siècle.

L'évêque Werinhar, issu de la famille de Habsbourg et

ami de l'empereur Henri le saint, recommença la construction de l'église en 1015 ; il en surveilla les travaux jusqu'en 1028, époque de son départ involontaire pour Constantinople, et de sa mort mystérieuse, survenue pendant cet exil, que lui avait infligé l'empereur Conrad de Salique.

Pour asseoir son édifice sur des bases solides, l'évêque Werinhar avait fait enfoncer, à une profondeur d'environ dix mètres, des pilotis en bois massif d'aulnes ; un composé de terre glaise, de charbons broyés, de briques concassées et de chaux remplit les interstices de ces pieux. Cet édifice de style roman fut terminé au bout de trente ans.

L'imagination populaire mêla de suite ses fictions à la réalité des faits. Elle a transformé en forêt de colonnes les pilotis sur lesquels le temple est assis ; elle a enlevé le ciment qui comble les vides, et parce qu'en effet la base des pieux descend au-dessous du niveau de l'Ill et du Rhin, elle a fait couler les ondes noires d'un étang ou d'un lac entre ces piliers. A l'entrée de ces galeries souterraines, elle a placé une nacelle revêtue de plaques de cuivre, qui conduit dans un vaste labyrinthe le nocher hardi qui oserait s'aventurer sur ce lac souterrain.

L'auteur des *Scènes lyriques* s'est permis d'user de ces traditions populaires et d'y faire allusion dans son œuvre. Le «merveilleux» est admis, sans trop de critique, dans les opéras et les oratorios ; l'évêque Conrad de Lichtenberg, en se penchant vers la crypte, peut y entendre le sifflement des reptiles, qui remplissent ces demeures sinistres ; les esprits infernaux ont bien le droit d'y établir leur résidence temporaire ; et l'ombre de Werinhar peut en toute sécurité revenir des «Iles des Princes», où l'évêque mort dans l'exil avait été enterré.

Des incendies successifs détruisirent (en 1130, 1140, 1150,

1170) les constructions de Werinhar ; l'église ogivale, élevée au 13e siècle, n'a conservé de l'église romane ou byzantine que le chœur et une partie des transepts.

Dans la seconde moitié du 13e siècle (à partir de 1275), on vit s'élever, sous l'épiscopat de Conrad de Lichtenberg, la magnifique façade occidentale, avec son triple portail et sa splendide rosace.

Dès l'année 1275 ou 1274 s'était présenté, devant l'évêque Conrad, un homme qui résumait dans son organisation puissante toutes les idées architectoniques de son temps. C'était maître Erwin, né dans la bourgade de Steinbach (grand-duché de Bade actuel). Déjà il avait fait ses preuves en construisant la cathédrale de Fribourg en Brisgau, et lorsqu'il déroula sous les yeux de l'évêque le plan gigantesque du triple portail et des deux tours qui devaient, dans l'origine, surmonter la façade, Conrad de Lichtenberg put lui dire avec confiance de se mettre à l'œuvre.

En 1275, un mandement épiscopal passa de ville en ville, de bourgade en bourgade, d'abbaye en abbaye, de château en château, le long du Rhin et des deux chaînes de montagnes qui bordent la vallée ; les fonds affluèrent après cette invitation paternelle ; les corvées firent le reste. En février 1276, Erwin posa la première pierre, et présida pendant quarante ans à cette œuvre ; mais sept générations successives devaient encore y apporter leurs sueurs et leurs offrandes avant que la dernière pierre de la flèche allât toucher les nuages voyageurs et saluer de plus près les étoiles du ciel [1].

Erwin de Steinbach avait été protégé et soutenu par son évêque ; celui-ci l'était par l'empereur Rodolphe de Habsbourg. C'étaient entre Conrad de Lichtenberg et Rodolphe les

____

1. De 1436 à 1440. C'est l'architecte Hultz de Cologne qui termina la flèche,

mêmes rapports de mutuelle confiance et d'intérêts étroitement unis, qu'entre l'empereur Henri II le saint et l'évêque Werinhar.

Le fils d'Erwin, l'architecte Jean, est le constructeur de l'église ogivale de Haslach; la fille d'Erwin, Sabine, a décoré de quelques statues pleines d'expression la façade du transept méridional. En mettant quelques strophes dans la bouche de ces deux membres de la famille d'Erwin, l'auteur du libretto restait dans la vérité historique; en attribuant à la femme d'Erwin un rôle d'opposition, il usait du droit de la fiction, basée, dans la circonstance présente, sur les lois de la probabilité.

Louis Spach.

LA CONSTRUCTION

DE LA CATHÉDRALE DE STRASBOURG.

ORATORIO.

(Analyse sommaire du texte allemand du libretto*.)

Ire PARTIE.

Chœur des ouvriers.

Les ouvriers, condamnés à chômer et à souffrir les angoisses de la faim, demandent du travail à Erwin de Steinbach; ils se disent préparés à toute besogne, endurcis à la fatigue, aguerris contre les intempéries des saisons, prêts à ciseler la pierre à des hauteurs inaccessibles au commun des mortels; à se balancer témérairement sous la voûte azurée, libres et légers comme les oiseaux du ciel.

* Il a semblé plus convenable et plus rationnel de ne point donner la traduction littérale du texte allemand. — Le compositeur d'un oratorio ne demande au rédacteur du libretto que des situations, les contours de quelques caractères, et des paroles rythmiques qui se prêtent facilement à l'œuvre musicale. La traduction en français de vers allemands aurait, de toute nécessité, un caractère de roideur et effacerait le seul mérite du texte original, celui de fournir au musicien des motifs harmonieux et variés.

L'analyse succincte, que nous prenons la liberté de placer ici sous les yeux de ceux des auditeurs qui ne sont point familiarisés avec la poésie allemande, permettra, nous aimons à le penser, de suivre la marche générale du poëme et les intentions du compositeur.

Sabine, fille d'Erwin,

supplie les ouvriers de ne point troubler le maître dans son recueillement solitaire, et de le laisser absorbé dans ses méditations.

Un chœur de jeunes filles

invite Sabine à jouir des délices du printemps, du chant de l'alouette et du rossignol, au milieu des bosquets et des prairies verdoyantes et émaillées de fleurs. Ces jeunes compagnes promettent à Sabine de lui apporter des guirlandes pour orner l'autel de la Reine des Cieux.

Sabine,

les yeux mouillés de larmes, renonce à ces joies printanières; elle veut demeurer auprès de son père; mais elle promet aux jeunes filles de déposer, avec gratitude, sur l'autel de Marie, les fleurs de mai qu'elles auront cueillies au fond des bois.

Erwin

indique, dans un récitatif-monologue, les angoisses et les incertitudes qu'il a éprouvées pendant la conception de son œuvre. — Des chants angéliques l'ont réveillé; il lui semble qu'il renaît à la vie après un long cauchemar. Pour l'accomplissement de son œuvre, qui se dessine devant les yeux de son esprit, il implore l'assistance du Très-haut, qui seul peut lui donner force et appui.

Le chœur des ouvriers

répète les supplications qu'il a fait entendre au début du poëme.

L'épouse d'Erwin

lance des imprécations contre son mari, qu'elle accuse d'aimer la gloire aux dépens de sa femme et de ses enfants; elle se plaint de voir le coffre-fort dans un état déplorable; elle se nourrit de vent et de fumée; elle sent la malédiction peser sur sa famille.

Sabine et les ouvriers

interviennent et supplient la femme d'Erwin de mettre un terme à ses reproches.

L'épouse d'Erwin

continue à se livrer à son désespoir; le cœur noyé de chagrin, elle maudit l'art et ses disciples; elle demande impérieusement le pain quotidien.

Sabine

fait un appel à la charité de sa mère; le salut viendra du ciel; la protection paternelle de Dieu les sauvera des angoisses de la misère.

Le chœur des ouvriers

répète les instances et les supplications de Sabine.

L'épouse d'Erwin

continue à maudire les rêves dorés de la gloire et le projet de construire un temple; elle réclame avant tout un abri hospitalier pour elle et ses enfants; elle rappelle les promesses que le maître lui a faites au moment des fiançailles et elle poursuit de ses reproches l'époux infidèle à ses serments.

Le chœur des ouvriers

cherche à réveiller dans l'âme de cette épouse dénaturée des pensées de charité, de résignation et de confiance dans le secours divin.

La femme d'Erwin

persiste dans ses reproches virulents.

Le chœur des ouvriers

la croit possédée du démon; il interprète comme une révolte contre la volonté du ciel cette obstination à maudire les projets d'Erwin, à enlever aux travailleurs leur pain quotidien.

IIe PARTIE.

Le chœur des jeunes filles

revient des bords du Rhin; il célèbre l'épanouissement du printemps sur les rives du fleuve; il rapporte des guirlandes de fleurs pour l'ornement de la cathédrale et l'autel de Notre-Dame.

Le chœur des ouvriers et des jeunes filles

dépose aux pieds de la Reine des Cieux les fleurs printanières; il exprime la conviction que cette offrande, faite par des cœurs pieux, est agréée; il croit voir un miracle s'accomplir, et l'image de la Sainte-Vierge s'animer.

Erwin

fait le serment d'accomplir, à la gloire de la Sainte-Vierge, l'œuvre qu'il a depuis longtemps conçue et qui va s'élever du sol comme «une fleur de mai» (1).

Il se présente devant l'évêque Conrad de Lichtenberg; il demande sa bénédiction et l'appui épiscopal. Que le prince de l'Église fasse un appel, et il sera entendu par une immense population de tout âge, de tous les états. Une parole tombée des lèvres de l'évêque agira comme une pluie printanière; elle éveillera des forces inespérées, le chevalier, le prêtre, le berger, le moine, accourront de tous les points de l'horizon, unis dans une seule et même étreinte, dans une seule et même pensée; les routes se couvriront de chars; le laboureur portera les fruits de la terre, le citadin videra sa bourse jusqu'à la dernière obole; le plus humble se hâtera d'apporter une pierre pour la maison de Dieu.

Le chœur des ouvriers

implore la bénédiction épiscopale; un mot tombé des lèvres de l'évêque entraînera tout le pays.

---

(1) Ce sont les expressions d'une charte-circulaire de l'évêque Conrad de Lichtenberg.

L'évêque Conrad de Lichtenberg

se défend contre les instances d'Erwin ; il se dit le faible serviteur du Dieu tout puissant. Quoique la foi transporte des montagnes et prête à la colombe le vol rapide de l'aigle, Conrad de Lichtenberg ne se croit point la mission de construire un temple ; il est l'homme d'action, fort dans les combats en rase campagne, bon à frapper les ennemis de son pays natal, mais sa parole n'a point de portée ; d'ailleurs la terre d'Alsace languit épuisée ; il lui faut du repos.

Le chœur des prêtres

répète et confirme les paroles de l'évêque.

Conrad

rappelle que la construction, commencée par l'évêque Werinhar, se traîne depuis près de trois siècles ; que la foudre du ciel a frappé les colonnes et les piliers.

Le chœur des prêtres

répète les paroles de l'évêque.

L'évêque Conrad

élève de graves objections contre les plans audacieux et insensés de l'architecte. Cet édifice, aux proportions titaniques, qui s'élance jusque dans le firmament, ne pourra résister à l'ouragan, engouffré dans les embrasures de ces immenses croisées ; la rosace magique, épanouie au-dessus du portail, sera bientôt effeuillée ; les pluies d'automne, qui tomberont des nuages, détruiront les sveltes colonnettes de la superbe façade.

Erwin

supplie le prince de l'Église de ne point l'accabler de tant de rigueurs ; il lui demande grâce et indulgence ; il le prie de ne point appeler sur sa tête la colère du ciel. A la Sainte-Vierge, il demande de donner la foi à l'inflexible évêque.

Le chœur des jeunes filles et des ouvriers

implore l'intervention de la Sainte-Vierge. — On entend, au fond de l'église, les chants de l'*Ave Maria*.

IIIe PARTIE.

Conrad de Lichtenberg ,

angoissé de doutes sur la portée de l'œuvre d'Erwin et sur la possibilité de la réaliser, s'agenouille devant l'autel de la Sainte-Vierge ; il demande avec ferveur un signe visible, non pas que sa foi dans le secours d'en haut soit débile, mais en vue de l'ironie du monde, qui porterait un jugement inexorable sur cette entreprise, si elle venait à être entravée, si cet édifice de géant devait s'écrouler, aux applaudissements de l'enfer.

Le chœur des prêtres

implore l'indulgence de la Sainte-Vierge , en vue des jugements sévères du monde.

L'évêque

descend les marches de l'escalier et se penche vers l'entrée de la crypte ; il prête l'oreille au sifflement des serpents, dans cette forêt de colonnes qui sert de soutien au parvis de l'église ; il lui semble qu'au-dessus des eaux noires, qui baignent le souterrain , le hurlement des esprits infernaux se fait entendre.

Le chœur des esprits infernaux

manifeste l'intention de ronger, d'ébranler l'édifice orgueilleux, dès qu'il s'élèvera vers les nues, et d'en faire un monceau de ruines.

Conrad de Lichtenberg

implore l'assistance de la Reine des Cieux contre les esprits infernaux ; il demande l'envoi, l'apparition d'un messager, dût-il venir du royaume des ombres.

Le chœur des prêtres

répète l'invocation et la supplique de l'évêque.

Le chœur des esprits

lance des imprécations pleines de fiel et d'ironie contre les adorateurs de la Sainte-Vierge ; ils se promettent de ne point céder le terrain.

L'ombre de l'évêque Werinhar

salue le grand-chœur, conception de son esprit. L'évêque se retrouve ici dans son ancien domaine ; le souvenir du pays natal ne s'est point altéré pour lui dans le royaume de la mort.

Werinhar s'incline vers son successeur, agenouillé devant le maître-autel ; il lui annonce son retour de Bysance, la ville des empereurs, et de ce groupe d'îles fleuries encadrées dans la Propontide. — Werinhar a été rongé et tué par le chagrin de n'avoir pu terminer son œuvre ; il revient de la nuit du tombeau porter à Conrad de Lichtenberg des paroles d'encouragement ; il lui promet l'immortalité en retour des soins et des secours qu'il donnera au couronnement de l'œuvre primitive.

Ces promesses d'immortalité font le sujet du duo entre les deux princes de l'Eglise.

Werinhar

invite Conrad de Lichtenberg à convoquer maître Erwin ; le nom de l'architecte est destiné à vivre éternellement, uni à celui des deux évêques ; après une vie d'épreuves et de rude labeur, Erwin sera couronné du laurier, symbole de l'immortalité.

Le chœur des jeunes filles et des ouvriers

répète les mêmes promesses d'avenir.

Sabine

embrasse les genoux de son père, et lui demande la consécration de l'artiste ; elle veut orner de statues l'édifice qu'Erwin élèvera à la gloire de la Vierge ; elle s'inspirera de l'ancien et du nouveau Testament ; des figures allégoriques et des figures de saints se pressent dans sa tête ; que son père réserve quelque place à ses créations futures, et elle promet que son ciseau ne déparera point les niches et les consoles de la cathédrale.

Jean, le fils d'Erwin,

quoiqu'à peine sorti de l'enfance, a l'instinct et le pressentiment de la grandeur future de son père. Comme sa sœur, il demande à être reçu par Erwin dans la confrérie des artistes, qui concourront à cette œuvre, pour la gloire de Notre-Dame. Soutenu par l'amour de son père, cet enfant conquerra la gloire avec lui.

Les ouvriers et les jeunes filles

expriment, en chœur, des pensées analogues. Admis à concourir à la grande œuvre avec Erwin, les aides de l'architecte conquerront la gloire avec lui.

Erwin,

quoique rassuré sur le succès final, reste humble et timide ; il lui faut la consécration, l'assentiment du Saint-Père. Que le souverain Pontife imprime le sceau de son approbation à l'Œuvre-Notre-Dame, et Erwin promet d'élever à la gloire de Marie un temple tel qu'aucun œil mortel n'en aura jamais contemplé.

Le chœur des ouvriers

prie l'évêque de demander la bénédiction pontificale, qui mettra en branle toutes les forces disponibles, et développera, comme une rosée fécondante, tous les germes d'activité.

Le légat

annonce, au nom du pape Grégoire X, à l'évêque d'Argentorat, que ses projets sont accueillis. L'évêque pourra proclamer, dans son diocèse, une indulgence plénière de quarante jours. Le Saint-Père, en envoyant sa bénédiction à l'évêque, lui promet l'assistance de la Sainte-Vierge elle-même ; il invite Conrad à accueillir l'obole du pauvre, aussi bien que la monnaie d'or du riche, et à faire proclamer partout que le denier de la veuve portera en paradis des intérêts centuples.

Le chœur des prêtres

annonce la promulgation de la lettre d'indulgences.

IV° PARTIE.

L'évêque Conrad

fait un appel à toutes les âmes chargées de soucis ou bourrelées de remords; il les invite à chercher l'absolution, en contribuant à la grande œuvre. — Il entend les chœurs invisibles des anges et les chants célestes entonnés en l'honneur de Marie.

Le chœur des prêtres, des ouvriers, des jeunes filles,

répète les paroles de l'évêque.

On entend des fanfares guerrières.

L'évêque Conrad

exprime son étonnement à entendre cette musique guerrière, le cliquetis des épées, des hallebardes, le galop des chevaux de bataille, qui ébranlent le sol..., mais sa surprise se change en transports de joie; il croit rêver en voyant l'empereur lui-même s'avancer.

Le chœur

exprime la même surprise et les mêmes transports de joie.

Conrad

salue l'arrivée du «Roi des Romains»; il salue Rodolphe de Habsbourg, qui vient se jeter dans ses bras.

L'empereur Rodolphe de Habsbourg

annonce sa venue, non pas comme souverain, mais comme vieux compagnon de gloire de l'évêque; il n'apporte ni argent, ni secours matériels; il se dit pauvre comme Job,

mais prêt à favoriser l'œuvre de toute son influence morale ;
il vient prêter la main à la construction, en posant les premières assises ; en bon roi populaire, il boit à la santé des
ouvriers, et se fait verser double ration en l'honneur d'Erwin.

Le chœur des ouvriers

entonne les louanges d'Erwin et de l'empereur ; il boit à la
santé du souverain et de l'architecte.

L'empereur Rodolphe

prévient les questions que l'évêque Conrad, son ami, serait
en droit de lui adresser ; par la lecture d'une Chronique
contemporaine de Werinhar, il a pu apprendre quel intime
lien unissait l'empereur Henri-le-Saint et l'évêque de Strasbourg dans les bons et les mauvais jours ; il sait maintenant
que la première pierre du chœur a été scellée de la main
des deux princes ; Rodolphe veut renouveler ce pacte d'al-
liance et d'amitié entre les deux pouvoirs ; il veut donner,
avec Conrad, le premier coup de marteau, et demander,
pour la prospérité de l'œuvre, l'assistance divine.

Le chœur des prêtres

invoque, après l'empereur, l'assistance divine.

La femme d'Erwin

rentre en scène et implore le pardon de son mari ; ses
larmes, son repentir devront fléchir le maître et valoir un
retour d'affection à une malheureuse pécheresse.

Erwin

bénit sa femme ; il n'a rien à pardonner : il a tout oublié.

La famille d'Erwin

prend part à cette scène de réconciliation.

Le chœur des ouvriers

éclate en transports de joie ; il échappe pour toujours aux
angoisses du jeûne et du chômage ; il promet au maître
d'élever son édifice jusque sous la voûte du ciel.

Erwin,

désormais sûr de son avenir et de son génie, fort de ses
convictions, somme les ouvriers de rester fidèles à leur pro-
messe; il réclame, comme une dette, la sueur de leur front,
le meilleur de leurs forces, et il relègue, en le maudissant,
celui qui faiblirait, qui languirait à l'œuvre.

Les ouvriers

s'encouragent, en chœur, à rester fidèles à leur engagement;
ils exilent de leur sein, avec une vive réprobation, tous ceux
qui faibliraient.

Les prêtres, les jeunes filles, les ouvriers

invoquent, en chœur, la protection de la Reine des Cieux.

L'ombre de Werinhar

annonce les destinées splendides de la future cathédrale. —
L'évêque demande que l'assemblée entière s'engage par un
serment solennel à prêter main-forte à l'architecte jusqu'à
l'entier accomplissement de la formidable entreprise.

Les chœurs

prêtent le serment demandé.

Tous s'engagent à donner à l'œuvre le meilleur de leurs
forces, et invoquent, dans une prière finale, la protection
de la Reine du ciel.